紅樓夢第七十三回

痴丫頭悞拾綉春囊　懦小姐不問累金鳳

話說那趙姨娘和賈政說話忽聽外面一聲响不知何物忙問時原來是外間窗屜不曾扣好滑了屈戌掉下來趙姨娘罵了丫頭幾句自巳帶領丫嬛上好方進來打發賈政安歇不在話下却說怡紅院中寶玉方纔睡下丫環們正欲各散安歇忽聽有人來敲院門老婆子開了見是趙姨娘房內的丫頭名喚小鵲的問他什麽事小鵲不答直往房內來找寶玉只見寶玉纔睡下晴雯等猶在床邊坐着大家頑笑見他來了都問什麽事這時候又跑來做什麽小鵲笑向寶玉道我來告訴你一個信

兒方纔我們奶奶咕咕唧唧在老爺前不知說了你些什麽我只聽見寶玉二字我来告訴你仔細明兒老爺向你說話着寔留神說着回身去了襲人命人留他吃茶因怕關門遂一直去了這裡寶玉知道趙姨娘心術不端合自已仇人是的又不知他說些什麽聽了便如孫大聖聽見了緊箍咒一般登時四肢五內一齊皆不自在起來想来想去别無他法且理熟了書預備明兒盤考只能書不舛錯便有他事也可搪塞一面想罷忙披衣起来要讀書心中又自後悔這些日子只說不提了偏又丢生早知該天天好歹温習些的如今打算打算肚子裡現可背誦的不過只有學庸二論是背得出来至上本孟子就有一

半是夾生的若憑空提一句斷不能背的至下孟就有大半生的筭起五經來因近來做詩常把五經集些雖不甚熟還可塞責别的雖不記得素日賈政幸未叫讀的縱不知也還不妨至於古文這是那幾年所讀過的幾篇左傳國策公羊穀梁漢唐等文這幾年未曾讀得不過一時之興隨看隨忘未曾下過苦功如何記得這是更難塞責的更有時文八股一道因平素深惡此道原非聖賢之制撰焉能闡發聖賢之奥不過是後人餌名釣祿之階雖賈政當日起身選了百十篇命他讀的不過是後人的時文偶見其中一二股內或承起之中有做得精緻或流蕩或遊戲或悲感稍能動性者偶爾一讀不過供一時之興

趣究竟何曾成篇潛心玩索如今若温習這個又恐明日盤究那個若温習那個又恐盤駁這個一夜之工亦不能全然温習因此越添了焦躁自己讀書不知緊要却累着一房丫鬟們都不能睡襲人等在傍剪燭斟茶那些小的都困倦起來前仰後合晴雯罵道什麼蹄子一個個黑家白日挺屍挺不彀偶然一次睡遲了些就粧出這個腔調兒來了再這樣我拿針扎你們兩下子話猶未了只聽外間咕咚一聲急忙看時原來是一個小丫頭坐着打盹一頭撞到壁上了從夢中驚醒却正是晴雯說這話之時他怔怔的只當是晴雯打了他一下遂哭着央說道好姐姐我再不敢了衆人都發起笑來寶玉忙勸道饒他罷

原該叫他們睡去你們也該替換着睡襲人道小祖宗你只顧
你的罷統共這一夜的工夫你把心暫且用在這幾本書上等
過了這一關由你再張羅別的也不算悞了什麼寶玉聽他說
得懇切只得又讀幾何麝月斟了一杯茶來潤舌寶玉接茶吃
了因見麝月只穿着短襖解了裙子寶玉道夜靜了冷到底穿
一件大衣裳纔是麝月笑指着書道你暫且把我們忘了且把
心對着他些罷話猶未了只聽春燕秋紋從後房門跑進來口
內喊說不好了一個人從墻上跳下來了衆人聽說忙問在那
裡即喝起人來各處尋找晴雯因見寶玉讀書苦惱勞費一夜
神思明日也未必妥當心下正要替寶玉想出一個主意來好

脫此難忽然逢着這一驚便生計向寶玉道趁這個機會快裝
病只說唬着了正中寶玉心懷因而叫起上夜人等來打着燈
籠各處搜尋並無踪跡都說小姑娘們想是睡花了眼出去風
搖的樹枝兒錯認了人晴雯便道別放屁你們查得不嚴怕就
不是還拿這話來支吾剛纔並不是一個人見的寶玉和我們
出去有事大家親見的如今寶玉唬得顏色都變了滿身發熱
我如今還要上房裡取安魂丸藥去太太問起來是要回明白
的難道依你說就罷了不成衆人聽了嚇得不敢則聲只得又
各處去找晴雯和秋紋二人果出去要藥故意鬧得衆人皆知
寶玉着了驚嚇病了王夫人聽了忙命人來看視給藥又吩咐

各上夜人仔細搜查又一面叫查二門外鄰園墻上夜的小廝們於是園內燈籠火把直鬧了一夜至五更天就傳管家的細看查訪賈母聞知寶玉被嚇細問原由不敢再隱只得回明賈母道我不料道有此事如今各處上夜人都不小心還是小事只怕他們就是賊也未可知當下邢夫人並尤氏等都過來請安鳳姐李紈及姊妹等皆陪侍聽賈母如此說都默無所答獨探春出位笑道近因鳳姐姐身子不好幾日園裡的人比先放肆許多先前不過是大家偷着一時半刻或夜裡坐更時三四個人聚在一處或擲骰或鬥牌小小的頑意不過爲熬困起見邇來漸次放誕竟開了賭局甚有頭家局主或三十吊五十吊

的大輸贏半月前竟有爭鬥相打之事賈母聽了忙說你既知道爲何不早回我們來探春道我因想着太太事多且連日不自在所以沒回只告訴大嫂子和管事的人們戒飭過幾次近日好些賈母忙道你姑娘家如何知道這裡頭的利害你自爲賭錢常事不過怕起爭端除不知夜間既要錢就保不住不吃酒既吃酒就未免門戶任意開鎖或買東西其中夜靜人稀趁便藏賊引盜何等事做不出來況且園內你姊妹們起居所伴者皆係丫頭媳婦們賢愚混雜賊盜事小倘有別事略沾帶些關係非小這事豈可輕恕探春聽說便默然歸坐鳳姐雖未大愈精神未嘗稍減今見賈母如此說便忙道偏生我又病了遂

回頭命人速傳林之孝家的等總理家事的四個媳婦到來當着賈母申飭了一頓賈母即刻查了頭家賭家來有人出首者賞隱情不告者罰林之孝家的等見賈母動怒誰敢狥私忙去園內傳齊又一一盤查雖然大家賴一回終不免水落石出查得大頭家三人小頭家八人聚賭者統共二十多人都帶来見賈母跪在院內磕响頭求饒賈母先問大頭家名姓和錢之多少原來這大頭家一個是林之孝家的兩姨親家一個是園內厨房內柳家媳婦之妹一個是迎春之乳母這是三個爲首的餘者不能多記賈母便命將骰子紙牌一並燒毀所有的錢入官分散與衆人將爲首者每人打四十大板攆出去總不許再入從者每人打二十板革去三月月錢撥入園厠行內又將林之孝家的申飭了一番林之孝家的見他的親戚又與他打嘴自己也覺沒趣迎春在坐也覺沒意思黛玉寶釵探春等見迎春的乳母如此也是物傷其類的意思遂都起身笑向賈母討情說這個奶奶素日原不頑的不知怎麼也偶然高興求看二姐姐面上饒過這次罷賈母道你們不知道大約這些奶子們一個個仗着奶過哥兒姐兒原比別人有些體面他們就生事比別人更可惡專會調唆主子護短偏向我都是經過的况且要拿一個作法恰好果然就遇見了一個你們別管我自有道理寶釵等聽說只得罷了一時賈母歇晌大家散出都知賈母

生氣皆不敢回家只得在此暫候尤氏到鳳姐兒處來閑話了一回因他也不自在只得園內去閑談邢夫人在王夫人處坐了一回也要到園內走走剛至園門前只見賈母房內的小丫頭子名喚傻大姐的笑嘻嘻走來手內拿着個花紅柳綠的東西低頭瞧着只管走不防迎頭撞見邢夫人抬頭看見方纔站住邢夫人因說這傻丫頭又得個什麽愛巴物兒這樣歡喜拿來我瞧瞧原來這傻大姐年方十四五歲是新挑上來的與賈母這邊專做粗活因他生得體肥面濶兩隻大脚做粗活爽利簡捷且心性愚頑一無知識出言可以發笑賈母歡喜便起名爲傻大姐若有錯失也不苛責他無事時便入園內來頑耍正往山石背後掏促織去忽見一個五彩繡香囊上面繡的並非花鳥等物一面却是兩個人赤條條的相抱一面是幾個字這痴丫頭原不認得是春意兒心下打諒敢是兩個妖精打架不就是兩口子打架呢左右猜解不來正要拿去與賈母看呢所以笑嘻嘻走回忽見邢夫人如此說便笑道太太真個說的巧真是個愛巴物兒太太瞧一瞧說着便送過去邢夫人接來一看嚇得連忙死緊攥住忙問你是那裡得的傻大姐道我掏促織兒在山子石後頭揀的邢夫人道快別告訴人這不是好東西連你也要打死呢因你素日是個傻丫頭已後再別提了這傻大姐聽了反嚇得黃了臉說再不敢了磕了頭呆呆而去邢

夫人同頭看時都是些女孩兒不便遞與他們自己便塞在袖裡心內十分罕異揣摩此物從何而来且不形於聲色且到迎春房裡迎春正因他乳母獲罪心中不自在忽報母親來了遂接入吃茶畢邢夫人因說道你這麼大了你那奶媽子行此事你也不說說他如今別人都好好的偏偕們的人做出這事来什麼意思迎春低頭弄衣帶半晌答道我說他兩次他不聽也叫我無法兒况且他是媽媽只有他說我的没有我說他的邢夫人道胡說你不好了他原該說如今他犯了法你就該拿出姑娘的身分來他敢不依你就回我去纔是如今直等外人共知道可是什麼意思再者放頭兒還只怕他巧語花言的和你

借貸些簪環衣服作本錢你這心活面軟未必不週濟他些若被他騙了去我是一個錢没有的看你明日怎麼過節迎春不語只低着頭邢夫人見他這般因冷笑道你是大老爺跟前的人養的這裡探丫頭是二老爺跟前的人養的出身一樣你娘比趙姨娘强十分你也該比探丫頭强纔是怎麼你反不及他一半倒是我無兒女的一生干净也不能惹人笑話人回璉二奶奶來了邢夫人聽了冷笑兩聲命人出去說請他自已養病我這裡不用他伺候接着又有探事的小丫頭來報說老太太醒了邢夫人方起身往前邊來迎春送至院外方回綉橘因說道如何前兒我回姑娘那一個攢珠纍金鳳竟不知那裡去了

回了姑娘竟不問一聲兒我說必是老奶奶拿去當了銀子放頭兒的姑娘不信只說司棋收着叫問司棋司棋雖病心裡却明白說沒有收起來還在書架上匣內放着預備八月十五要帶呢姑娘該叫人去問老奶奶一聲探春道何用問都自然是他拿了去擱了肩兒了我只說他悄悄的拿了出去不過一時半晌仍舊悄悄的放在裡頭誰知他就忘了今日偏又鬧出來問他也無益繡橘道何曾是忘記他是試准了姑娘性格所以纔這樣如今我有個主意走到二奶奶房裡將此事回了他或着人要他或省事拿幾吊錢來替他贖了如何迎春忙道罷罷罷省事些好寧可沒有了又何必生事繡橘道姑娘怎這樣軟弱都要省起事來將來連姑娘還騙了去我竟去的是說着便走迎春便不言語只好由他誰知迎春的乳母之媳玉柱兒媳婦為他婆婆得罪來求迎春去討情他們正說金鳳一事且不進去也因素日迎春懦弱他們都不放在心上如今見繡橘立意去回鳳姐又看這事脫不過去只得進來陪笑先向繡橘說姑娘你別去生事姑娘的金絲鳳原是我們老奶奶老糊塗了輸了幾個錢沒的撈稍所以借去不想今日弄出事來雖然這樣到底主子的東西我們不敢遲悞終久是要贖的如今還要求姑娘看着從小兒吃奶的情常往老太太那邊去討一個情救出他來纔好迎春便說道好嫂子你趁早打了這忘想要等

我去說情兒等到明年也是不中用的方纔連寶姐姐林妹妹大夥兒說情老太太還不依何況是我一個人我自已臊還臊不過來還去討臊去綉橘便說贖金鳳是一件事說情是一件事別絞在一處難道姑娘不去說情你就不賠了不成嫂子且取了金鳳來再說玉柱兒家的聽見迎春如此拒絕他綉橘的話又鋒利無可回答一時臉上過不去也明欺迎春素日好性乃向綉橘發話道姑娘你別太張勢了你滿家子算一算誰的媽媽奶奶不仗着主子哥兒姐兒多得些意偏偺們就這樣丁是丁卯是卯的只許你們偷偷摸摸的哄騙了去自從邢姑娘來了太太吩咐一個月儉省出一兩銀子來與舅太太去這裡

饒添了邢姑娘的使費反少了一兩銀子常時短了這個少了那個那不是我們供給誰又要去不過大家將就些罷了算到今日少說也有三十兩了我們這一向的錢豈不白填了限呢綉橘不待說完便啐了一口道做什麼你白填了三十兩我且和你算算賬姑娘要了些什麼東西迎春聽了這媳婦發邢夫人之私意忙止道罷罷罷不能拿了金鳳來你不必拉三扯四亂嚷我也不要那鳳了便是太太問時我只說丢了也妨礙不着你什麼你出去歇息歇息倒好一面叫綉橘倒茶來綉橘又氣又急因說道姑娘雖不怕我們是做什麼的把姑娘的東西丢了他道賴說姑娘使了他們的錢這如今竟要准折起來倘

或太太問姑娘爲什麼使了這些錢敢是我們就中取勢這還了得一行說一行就哭了司棋聽不過只得免强過來幫着綉橘問着那媳婦迎春勸止不住自拿了一本太上感應篇來看三人正沒開交可巧寶釵黛玉寶琴探春等因恐迎春今日不自在都約着來安慰他們走至院中聽見幾個人講究探春從紗窗內一看只見迎春倚在床上看書若有不聞之狀探春也笑了小丫頭們忙打起簾子報道姑娘們來了迎春放下書起身那媳婦見有人來且又有探春在內不勸自止了遂趂便就走探春坐下便問纔剛誰在這裡說話倒像拌嘴似的迎春笑道沒有什麼左不過他們小題大做罷了何必問他探春笑道

我纔聽見什麼金鳳又是什麼沒有錢只合我們奴才要和誰奴才要錢了難道姐姐和奴才要錢不成司棋綉橘道姑娘說得是了姑娘何曾和他要什麼了探春笑道姐姐旣沒有和他要必定是我們和他們要了不成你叫他進來我倒要問問他迎春笑道這話又可笑你們又無沾碍何必如此探春道這倒不然我和姐姐一樣姐姐的事和我一般他說姐姐卽是說我我那邊有人怨我姐姐聽見也是合怨姐姐一樣偺們是主子自然不理論那些錢財小事只知想起什麼要什麼也是有的事但不知金纍絲鳳因何又夾在裡頭那玉柱媳婦生恐綉橘等告出他來遂忙進來用話掩飾春探深知其意因笑道你們

所以糊塗如今你奶奶已得了不是趁此求二奶奶把方纔的錢未曾散人的拿出些來贖取就完了比不得沒鬧出來大家都藏着留臉面如今既是沒了臉趁此時總有十個罪也只一人受罰沒有砍兩顆的頭理你依我說竟是和二奶奶趁便說去在這裡大聲小氣如何使得這媳婦被探春說出真病也無可賴了只不敢往鳳姐處自首探春笑道我不聽見便罷既聽見少不得替你們分解分解誰知探春早使了眼色與侍書侍書出去了這裡正說話忽見平兒進來寶琴拍手笑道三姐姐敢是有驅神召將的符術黛玉笑道這倒不是道家玄術倒是用兵最精的所謂守如處女出如脫兔出其不備的妙策二人

取笑寶釵便使眼色與二人遂以別話岔開探春見平兒來了遂問你奶奶可好些了真是病糊塗了事事都不在心上叫我們受這樣委屈平兒忙道誰敢給姑娘氣受姑娘吩咐我那玉柱兒媳婦方慌了手脚遂上來赶着平兒叫姑娘坐下讓我說原故姑娘請聽平兒正色道姑娘這裡說話也有你混叉口的理你但凡知禮只該在外頭伺候也有外頭的媳婦們無故到姑娘房裡來的繡橘道你不知我們這屋裡是沒禮的誰愛來就來平兒道都是你們不是姑娘好性兒你們就該打出去然後再回太太去纔是柱兒媳婦見平兒出了言紅了臉方退出去探春接着道我且告訴你若是別人得罪了我倒還罷了如

今這柱兒媳婦和他婆婆仗着是嬷嬷又瞅着二姐姐好性兒私自拿了首飾去賭錢而且還揑造假賬逼著去討情和這兩個了頭在卧房裡大嚷大叫二姐姐竟不能轄治所以我看不過纔請你來問一聲還是他本是天外的人不知道理還是有誰主使他如此先把二姐姐制伏了然後就要治我和四姑娘了平兒忙陪笑道姑娘怎麽今日說出這話來我們奶奶如何當得起探春冷笑道俗語說的物傷其類齒竭唇亡我自然有些驚心平兒問迎春道若論此事極好處的但他是姑娘的奶娘姑娘怎麽樣爲是當下迎春只合寶釵看感應篇故事究竟連探春之話亦不曾聞得忽見平兒如此說仍笑道問我我也

沒什麽法子他們的不是自作自受我也不能討情我也不去加責就是了至於私自拿去的東西送來我收下不送来我也不要了太太們要來問我可以隱瞞遮飾的過去是他的造化若瞞不住我也没法兒沒有個爲他們反欺枉太太們的理少不得直說你們若說我好性兒沒個決斷有好主意可以八面週全不叫太太們生氣任憑你們處治我也不管衆人聽了都好笑起來黛玉笑道真是虎狼屯於階陛尚談因果若使二姐姐是個男人一家上下這些人又如何裁治他們迎春笑道正是多少男人尚且如此何况我呢一語未了只聽又有一人來了不知是誰下回分解

第七十三回終

紅樓夢第七十四回

惑奸讒抄檢大觀園　避嫌隙杜絕寧國府

話說平兒聽迎春說了正自好笑忽見寶玉也來了原來管廚房柳家媳婦的妹子也因放頭開賭得了不是因這園中有素與柳家的不好的便又告出柳家的來說他和妹子是夥計雖了平分因此鳳姐要治柳家之罪那柳家的聽得此信便慌了手腳因思素與怡紅院的人最爲深厚故走來悄悄的央求晴雯芳官等人轉告訴了寶玉寶玉因思內中迎春的嬭嬭也現有此罪不若來約同迎春去討情比自己獨去單爲柳家的說情又更妥當故此前來忽見許多人在此見他來時都問道你

的病可好了跑來做什麼寶玉不便說出討情一事只說來看二姐姐當下衆人也不在意且說些閒話平兒便出去辦纍金鳳一事那玉柱兒媳婦緊跟在後口內百般央求只說姑娘好歹口內超生我横豎去贖了來平兒笑道你遲也贖早也贖既有今日何必當初你的意思得過就過既是這樣我也不好意思告人趁早取了來交與我送去一字不提玉柱兒媳婦聽說方放下心來就拜謝又說姑娘自去貴幹赶晚贖了來先回了姑娘再送去如何平兒道赶晚不來可別怨我說畢二人方分路各自散了平兒到房鳳姐問他三姑娘叫你做什麼平兒笑道三姑娘怕奶奶生氣叫我勸着奶奶些問奶奶這兩天可吃

些什麼鳳姐笑道倒是他還記得我剛纔又出來了一件事有人來告柳二媳婦和他妹子通同開局凡妹子所爲都是他作主我想你素日肯勸我多一事不如省一事自己保養保養也是好的我因聽不進去果然應了先把太太得罪了而且反賺了一場病如今我也看破了隨他們鬧去罷橫竪還有許多人呢我白操一會子心倒惹的萬人咒罵不如且自家養養病就是病好了我也會做好好先生得樂且樂得笑且笑一槩是非都憑他們去罷所以我只答應着知道了平兒笑道奶奶果然如此那就是我們的造化了一語未了只見賈璉進來拍手嘆氣道好好的又生事前兒我和鴛鴦借當那邊太太怎麼知道了纔剛太太叫過我去叫我不管那裡先借二百銀子做八月十五節下使用我回沒處借太太就說你沒有錢就有地方挪移我白和你商量你就搪塞我你就沒地方兒前兒一千銀子的當是那裡的連老太太的東西你都有神通弄出來這會二百銀子你就這樣難虧我沒和別人說去我想太太分明不短何苦來要尋事奈何人鳳姐兒道那日並沒個外人誰走了這個消息平兒聽了也細想那日有誰在此想了半日笑道是了那日說話時沒人但晚上送東西來的時節老太太那邊傻大姐兒的娘可巧來送漿洗衣服他在下房裡坐了一回子看見一大箱子東西自然要問必是小丫頭們不知道說出來了也

未可知因此便喚了幾個小丫頭來問那日誰告訴傻大姐的娘了衆小丫頭慌了都跪下賭神發誓說自來也不敢多說一句話有人凡問什麽都答應不知道這事如何敢說鳳姐詳情度理說他們必不敢多說一句話倒別委屈了他們如今把這事靠後且把太太打發了去要緊寧可偺們短些又別討沒意思因叫平兒把我的金首飾再去押二百銀子來送去完事賈璉道越發多押二百偺們也要使呢鳳姐道狠不必我沒處使這不知還指那一項贖呢平兒拿了去吩咐旺兒媳婦領去不一時拿了銀子來賈璉親自送去不在話下這裡鳳姐和平兒猜疑走風的人反叫鴛鴦受累豈不是偺們過失正在胡想人報太太來了鳳姐聽了詫異不知何事遂與平兒等忙迎出來只見王夫人氣色更變只帶一個貼已小丫頭走來一語不發走至裡間坐下鳳姐忙捧茶因陪笑問道太太今日高興到這裡逛逛王夫人喝命平兒出去平兒見了這般不知怎麽了忙應了一聲帶着衆小丫頭一齊出去在房門外站住越發將房門掩了自已坐在台堦上所有的人一個不許進去鳳姐也着了慌不知有何事只見王夫人含着淚從袖裡擲出一個香袋來說你瞧鳳姐忙拾起一看見是十錦春意香袋也嚇了一跳忙問太太從那裡得來王夫人見問越發淚如雨下顫聲說道我從那裡得來我天天坐在井裡念你是個細心人所以我纔

偷空兒誰知你也和我一樣這樣東西大天白日明擺在園裡山石上被老太太的丫頭拾着不虧你婆婆看見早已送到老太太跟前去了我且問你這個東西如何丟在那裡鳳姐聽得也更了顏色忙問太太怎麼知道是我的王夫人又哭又嘆道你反問我你想一家子除了你們小夫小妻餘者老婆子們要這個何用女孩子們是從那裡得來自然是那璉兒不長進下流種子那裡弄來的你們又和氣當作一件頑意兒年輕的人兒女閨房私意是有的你還和我賴幸而園內上下人還不解事尚未揀得倘或丫頭們揀着你姊妹看見這還了得不然有那小丫頭們揀着出去說是園內揀的外人知道這性命臉面

要也不要鳳姐聽說又急又愧登時紫脹了面皮便挨着炕沿雙膝跪下也含淚訴道太太說的固然有理我也不敢辯我並無這樣東西但其中還要求太太細想這香袋兒是外頭倣着內工繡的帶連穗子一槩是市賣的東西我雖年輕不尊重也不肯要這樣東西再者這也不是常帶着的我縱然有也只好在私處擱着焉肯在身上常帶各處逛去況且又在園裡去個個姊妹我們多肯拉拉扯扯倘或露出來不但在姊妹前看見就是奴才看見我有什麼意思三則論主子內我是年輕媳婦算起來奴才比我更年輕的又不止一個了況且他們也常在園走動焉知不是他們掉的再者除我常在園裡還有那邊太

太常帶過幾個小姨娘來嫣紅翠雲那幾個人也都是年輕的人他們更該有這個了還有那邊珍大嫂子他也不算狠老也常帶過佩鳳他們來又焉知又不是他們的況且園內丫頭太多保不住都是正經的或者年紀大些的知道了人事一刻查問不到偷了出去或借着因由合二門上小么兒們打牙撂嘴兒外頭得了來的也未可知不但我沒此事就連平兒我也可以下保的太太請細想王夫人聽了這一夕話狠近情理因嘆道你起來我也知道你是大家子的姑娘出身不至這樣輕薄不過我氣激你的話但只如今却怎麼處你婆婆纔打發人封了這個給我瞧把我氣了個死鳳姐道太太快別生氣若被衆

人覺察了保不定老太太不知道且平心靜氣暗暗訪察才能得這個實在縱然訪不着外人也不能知道如今惟有趂着賭錢的因由革了許多人這空兒把周瑞媳婦旺兒媳婦等四五個貼近不能走話的人安揷在園裡以查賭爲由再如今他們的丫頭也太多了保不住人大心大生事作耗等鬧出來反悔之不及如今若無故裁革不但姑娘們委屈煩惱就連太太和我也過不去不如趂此機會以後凡年紀大些的或有些咬牙難纏的拿個錯兒攆出去配了人一則保得住沒有別事二則也可省些用度太太想我這話如何王夫人嘆道你說的何嘗不是但從公細想你這幾個姊妹每人只有兩三個丫頭像人

餘者竟是小鬼兒是的如今再去了不但我心裡不忍只怕老太太未必就依雖然艱難也還窮不至此我雖沒受過大榮華比你們是强些如今寧可省我些別委屈了他們你如今且叫人傳周瑞家的等人進來就吩咐他們快快暗訪這事要緊鳳姐即喚平兒進來吩咐出去一時周瑞家的與吳興家的鄭華家的來旺家的來喜家的現在五家陪房進來王夫人正嫌人少不能勘察忽見邢夫人的陪房王善保家的走來正是方纔是他送香袋來的王夫人向來看視邢夫人之得力心腹人等原無二意今見他來打聽此事便向他說你去回了太太也進園來照管照管比別人强些王善保家的因素日進園去那些

丫嬛們不大趨奉他他心裡不自在要尋他們的故事又尋不着恰好生出這件事來以爲得了把柄又聽王夫人委托他正碰在心坎上道這個容易不是奴才多話論理這事該早嚴緊些的太太也不大往園裡去這些女孩子們一個個倒像受了封誥似的他們就成了千金小姐了鬧下天來誰敢哼一聲兒不然就調唆姑娘們說欺負了姑娘們了誰還耽得起王夫人道這也有的常情跟姑娘們的丫頭比別的嬌貴些王善保家的道別的還罷了太太不知頭一個是寶玉屋裡的晴雯那丫頭仗着他生的模樣兒比別人標緻些又生了一張巧嘴天天打扮的像個西施樣子在人跟前能說慣道抓尖要强一句話

不投機他就立起兩隻眼睛來罵人妖妖調調大不成個體統王夫人聽了這話猛然觸動往事便問鳳姐道上次我們跟了老太太進園逛去有一個水蛇腰削肩膀兒眉眼又有些像你林妹妹的正在那裡罵小丫頭我心裡很看不上那狂樣子因同老太太走我不曾說得後來要問是誰又偏忘了今日對了檻兒這丫頭想必就是他了鳳姐道若論這些丫頭們共總比起來都沒晴雯生得好論舉止言語他原輕薄些方纔太太說的倒很像他我也忘了那日的事不敢亂說王善保家的便道不用這樣此刻不難叫了他來太太瞧瞧王夫人道寶玉房裡常見我的只有襲人麝月這兩個体体的倒好若有這個他自然不敢來見我的我一生最嫌這樣的人且又出來這個事好好的寶玉倘或叫這蹄子勾引壞了那還了得因叫自己的丫頭來吩咐他道你去只說我有話問他留下襲人麝月伏侍寶玉不必來有一個晴雯最伶俐叫他即刻快來你不許和他說什麼小丫頭答應了走入怡紅院正值晴雯身上不自在睡中覺纔起來正發悶聽如此說只得隨了他來素日晴雯不敢出頭因連日不自在並沒十分粧飾自為無礙及到了鳳姐房中王夫人一見他釵嚲鬆衫垂帶褪大有春睡捧心之態而且形容面貌恰是上月的那人不覺勾起方纔的火來王夫人便冷笑道好個美人兒真像個病西施了你天天作這輕狂樣兒給

誰看你幹的事打量我不知道呢我且放着你自然明兒揭你的皮寶玉今日可好些晴雯一聽如此說心內大異便知有人暗算了他雖然着惱只不敢作聲他本是個聰敏過頂的人見問寶玉可好些他便不肯以實話答應忙跪下回道我不大到寶玉房裡去又不常和寶玉在一處好歹我不能知那都是襲人合麝月兩個人的事太太問他們王夫人道這就該打嘴你難道是死人要你們做什麼晴雯道我原是跟老太太的人因老太太說園裡空大人少寶玉害怕所以撥了我去外間屋裡上夜不過看屋子我原回過我笨不能伏侍老太太罵了我又不叫你管他的事要伶俐的做什麼我聽了不敢不去纔去的

不過十天半月之內寶玉叫着了答應幾句話就散了至於寶玉的飲食起居上一層有老奶奶老媽媽們下一層有襲人麝月秋紋幾個人我閒着還要做老太太屋裡的針線所以寶玉的事竟不曾留心太太既怪從此後我留心就是了王夫人信以爲實了忙說阿彌陀佛你不近寶玉是我的造化竟不勞你費心既是老太太給寶玉的我明兒回了老太太再攆你因向王善保家的道你們進去好生防他幾日不許他在寶玉房裡睡覺等我回過老太太再處治他喝聲出去站在這裡我看不上這浪樣兒誰許你這樣花紅柳綠的粧扮晴雯只得出來這氣非同小可一出門便拿手帕子握臉一頭走一頭哭直哭到

園內去這裡王夫人向鳳姐等自怨道這幾年我越發精神短了照顧不到這樣妖精似的東西竟沒看見只怕這樣的還有明日倒得查查鳳姐見王夫人盛怒之際又因王善保家的是邢夫人的耳目常時調唆着邢夫人生事縱有千百樣言語此刻也不敢說只低頭答應着王善保家的道太太且請息怒這些小事只交與奴才如今要查這個是極容易的等到晚上園門關了的時節內外不通風我們竟給他們個冷不妨帶着人到各處丫頭們房裡搜尋想來誰有這個斷不單有這個自然還有別的那時翻出別的來自然這個也是他的了王夫人道這話倒是若不如此斷乎不能明白因問鳳姐如何鳳姐只得

答應說太太說是就行罷了王夫人道這主意狠是不然一年也查不出來于是大家商議已定至晚飯後待賈母安寢了寶釵等入園時王家的便請了鳳姐一併進園喝命將角門皆上鎖便從上夜的婆子處來抄揀起不過抄揀些多餘攢下蠟燭燈油等物王善保家的道這也是贓不許動的等明日回過太太再動于是先就到怡紅院中喝命關門當下寶玉正因晴雯不自在忽見這一干人來不知為何直撲了丫頭們的房門去因迎出鳳姐來問是何故鳳姐道丟了一件要緊的東西因大家混頓恐怕有丫頭們偷了所以大家都查一查去疑兒一面說一面坐下吃茶王家的等搜了一回又細問這幾個箱子是

誰的都叫本人來親自打開襲人因見晴雯這樣必有異事又
見這番抄揀只得自巳先出来打開了箱子並匣子任其搜揀
一番不過平常通用之物隨放下又搜别人的挨次都一一搜
過到晴雯的箱子因問是誰的怎麽不打開叫搜襲人方欲代
晴雯開時只見晴雯挽着頭髮闖進来豁啷一聲將箱子掀開
兩手提着底子往地下一倒將所有之物盡都倒出來王善保
家的也覺没趣兒便紫脹了臉說道姑娘你别生氣我們並非
私自就來的原是奉太太的命來搜察你們叫番呢我們就番
一番不叫番我們還許回太太去呢那用急的這個樣子晴雯
聽了這話越發火上澆油便指着他的臉說道你是太太

打發來的我還是老太太打發來的呢太太那邊的人我也都
見過就只没看見你這麽個有頭有臉大管事的奶奶鳳姐見
晴雯說話鋒利尖酸心中甚喜却碍着邢夫人的臉忙喝住晴
雯那王善保家的又羞又氣剛要還言鳳姐道媽媽你也不必
合他們一般見識你且細細搜你的偺們還到各處走走呢再
遲了走了風我可担不起王善保家的只得咬咬牙且忍了這
口氣細細的看了一看也無甚私弊之物回了鳳姐要别處去
鳳姐道你可細細的查若這一番查不出来難回話的衆人都
道盡都細翻了没有什麽差錯東西雖有幾樣男人物件都是
小孩子的東西想是寶玉的舊物没甚關係的鳳姐聽了笑道

既如此偺們就走再瞧别處去說着一逕出來向王善保家的道我有一句話不知是不是要抄揀只抄揀偺們家的人薛大姑娘屋裡斷乎抄揀不得的王善保家的笑道這個自然豈有抄起親戚家來的鳳姐點頭道我也這樣說呢一頭說一頭到了瀟湘館內黛玉已睡了忽報這些人來不知爲甚事纔要起來只見鳳姐已走進來忙按住他不叫起來只說睡着罷我們就走的這邊且說些閒話那王善保家的帶了衆人到了丫嬛房中也一一開箱倒籠抄揀了一番因從紫鵑房中搜出兩副寶玉往常換下來的寄名符兒一副束帶上的帔帶兩個荷包並扇套套內有扇子打開看時皆是寶玉往日手內曾拿過的王善保家的自爲得了意遂忙請鳳姐過來驗視又說這些東西從那裡來的鳳姐笑道寶玉和他們從小兒在一處混了幾年這自然是寶玉的舊東西況且這符兒合扇子都是老太太合太太常見的媽媽不信偺們只管拿了去王家的忙笑道二奶奶既知道就是了鳳姐道這也不筭什麼希罕事撂下再往别處去是正經紫鵑笑道直到如今我們兩下裡的賬也筭不清要問這一個連我也忘了是那年月日有的了這裡鳳姐合王善保家的又到探春院內誰知早有人報與探春了探春也就猜着必有原故所以引出這等醜態來遂命衆丫鬟秉燭開門而待一時衆人來了探春故問何事鳳姐笑道因丢了一件

東西連日訪察不出人來恐怕傍人賴這些女孩子們所以大家搜一搜使人去疑兒倒是洗淨他們的好法子探春笑道我們的丫頭自然都是些賊我就是頭一個窩主既如此先來搜我的箱櫃他們所偷了來的都交給我藏着呢說着便命丫鬟們把箱一齊打開將鏡奩粧盒衾袱衣包若大若小之物一齊打開請鳳姐去抄閱鳳姐陪笑道我不過是奉太太的命來妹妹別錯怪了我因命丫鬟們快快給姑娘關上平兒豐兒等先忙着替侍書等關的關收的收探春道我的東西倒許你們搜閱要想搜我的丫頭這却不能我原比衆人歹毒凡丫頭所有的東西我都知道都在我這裡間收着一針一線他們也沒得收藏要搜所以只來搜我你們不依只管去回太太只說我違

背了太太該怎麼處治我去自領你們別忙自然你們抄的日子有呢你們今日早起不是議論甄家自巳盼着好好的抄家果然今日眞抄了偺們也漸漸的來了可知這樣大族人家若從外頭殺來一時是殺不死的這可是古人說的百足之虫死而不僵必須先從家裡自殺自滅起來纔能一敗塗地呢說着不覺流下淚來鳳姐只看着衆媳婦們周瑞家的便道既是女孩子的東西全在這裡奶奶且請到別處去罷也讓姑娘好安寢鳳姐便起身告辭探春道可細細搜明白了若明日再來我就不依了鳳姐笑道既然丫頭們的東西都在這裡就不必搜

了探春冷笑道你果然倒乖連我的包袱都打開了還說沒翻明日敢說我護着丫頭們不許你們翻了你趁早說明若還要翻不妨再翻一遍鳳姐知道探春素日與衆不同的只得陪笑道已經連你的東西都搜察明白了探春又問衆人你們也都搜明白了沒有周瑞家的等都陪笑說都明白了那王善保家的本是個心內沒成筭的人素日雖聞探春的名他想衆人沒眼色沒胆量罷了那裡一個姑娘就這樣利害起來況且又是庶出他敢怎麽着自已又仗着是邢夫人的陪房連王夫人尚另眼相待何況別人只當是探春認真單惱鳳姐與他們無干他便要趁勢作臉因越衆向前拉起探春的衣襟故意一掀嘻

嘻的笑道連姑娘身上我都翻了果然沒有什麽鳳姐見他這樣忙說媽媽走罷別瘋瘋顛顛的一語未了只聽咱的一聲王家的臉上早着了探春一巴掌探春登時大怒指着王家的問道你是什麽東西敢來拉扯我的衣裳我不過看着太太的面上你又有幾歲年紀叫你一聲媽媽你就狗仗人勢天天作耗在我們跟前逞臉如今越發了不得了你索性望我動手動脚的了你打諒我是同你們姑娘那麽好性兒由着你們欺負你就錯了主意了你來搜檢東西我不惱你不該拿我取笑兒說着便親自要解鈕子拉着鳳姐兒細細的翻省得你們叫奴才来翻我鳳姐平兒等都忙與探春理裙整袂口內喝着王善保

家的說媽媽吃兩口酒就瘋瘋顛顛起來前兒把太太也冲撞了快出去別再討臉了又忙勸探春好姑娘別生氣他算什麼姑娘氣着倒值多了探春冷笑道我但凡有氣早一頭碰死了不然怎麼許奴才來我身上搜賊賍呢明兒一早先回過老太太太太再過去給大娘賠禮該怎麼着我去領那王善保家的討了個沒臉赶忙躲出窗外只說罷了罷了這也是頭一遭捱打我明兒回了太太仍回老娘家去罷這個老命還要他做什麼探春喝命丫鬟你們聽見他說話還等我和他拌嘴去不成侍書聽說便出去說道媽媽你知點好歹兒省一句兒罷你果然回老娘家去到是我們的造化了只怕你捨不得去你去了

叫誰討主子的好兒調唆着察考姑娘折磨我們呢鳳姐笑道好丫頭真是有其主必有其僕探春冷笑道我們做賊的人嘴裡都有三言兩語的就只不會背地裡調唆主子平兒忙也陪笑解勸一面又拉了侍書進來周瑞家的等人勸了一番鳳姐直待伏侍探春睡下方帶着人往對過煖香塢來彼時李紈猶病在床上他與惜春是緊隣又與探春相近故順路先到這兩處因李紈纔吃了藥睡着不好驚動只到丫鬟們房中一一的搜了一遍也沒有什麼東西遂到惜春房中來因惜春年少尚未識事嚇的不知當有什麼事故鳳姐少不得安慰他誰知竟在入畫箱中尋出一大包銀錁子來約共三四十個為察姦情

反得賊贓又有一副玉帶版子並一包男人的靴襪等物鳳姐也黃了臉因問是那裡來的入畫只得跪下哭訴真情說這是珍大爺賞我哥哥的因我們老子娘都在南方如今只跟着叔叔過日子我叔叔嬸子只要吃酒賭錢我哥哥怕交給他們又花了所以每常得了悄悄的煩老媽媽帶進來叫我收着的惜春胆小見了這個也害怕說我竟不知道這還了得二嫂子要打他好歹帶他出去打罷我聽不慣的鳳姐笑道若果真呢也倒可恕只是不該私自傳送進來這個可以傳遞什麼不可傳遞這倒是傳遞人的不是了若這話不真倘是偷來的你可就别想活了入畫跪哭道我不敢撒謊奶奶只管明日問我們

奶奶和大爺去若說不是賞的就拿我和我哥哥一同打死無怨鳳姐道這個自然要問的只是真賞的也有不是誰許你私自傳送東西的你且說是誰接應我便饒你下次萬萬不可惜春道嫂子别饒他這裡人多若不管了他那些大的聽見了又不知怎麽樣呢嫂子若依他我也不依鳳姐道素日我看他還使得誰没一個錯只這一次二次再犯二罪俱罰但不知傳遞是誰惜春道若說傳遞再無别個必是後門上的張媽他常肯和這些丫頭鬼鬼祟祟的這些丫頭們也都肯照顧他鳳姐聽說便命人記下將東西且交給周瑞家的暫且拿着等明日對明再議誰知那老張媽原和王善保家有親近因王善保家的

在邢夫人跟前作了心腹人便把親戚和伴兒們都看不到眼裡了後來張家的氣不平鬥了兩次口彼此都不說話了如今王家的聽見是他傳遞碰在他心坎兒上更兼剛纔挨了探春的打受了待書的氣沒處發泄聽見張家的這事因攛掇鳳姐道這傳東西的事關係更大想來那些東西自然也是傳遞進來的奶奶倒不可不問鳳姐兒道我知道不用你說于是別了惜春方往迎春房內去迎春已經睡着了丫鬟們也纔要睡衆人扣門半日纔開鳳姐吩咐不必驚動姑娘遂往丫嬛們房裡來因司棋是王善保家的外孫女兒鳳姐要看王家的可藏私不藏遂留神看他搜檢先從別人箱子搜起皆無別物及到了司棋箱中隨意掏了一回王善保家的說也沒有什麼東西纔

要關箱時周瑞家的道這是什麼話有沒有總要一樣看看纔公道說着便伸手掣出一雙男子的綿襪並一雙緞鞋又有一個小包袱打開看時裡面是一個同心如意並一個字帖兒一總遞與鳳姐鳳姐因理家常久每每看帖看賬也頗識得幾個字了那帖是大紅雙喜箋便看上面寫道上月你來家後父母已覺察你我之意但姑娘未出閣尚不能完你我之心願若園內可以相見你可托張媽給一信息若得在園內一見倒比來家好說話千萬千萬再所賜香珠二串今已查收外特寄香袋一個略表我心千萬收好表弟潘又安拜具鳳姐看罷不怒而

反樂別人並不識字王善保家的素日並不知道他姑表姊弟有這一節風流故事見了這鞋襪心內已是有些毛病又見有一紅帖鳳姐看着又笑他便說道必是他們寫的賬目不成字所以奶奶見笑鳳姐笑道正是這個賬竟算不過來你是司棋的老娘他的表弟也該姓王怎麼又姓潘呢王善保家的見問得奇怪只得勉强告道司棋的姑媽給了潘家所以他姑表兄弟姓潘上次逃走了的潘又安就是他鳳姐笑道這就是了因說我念給你聽聽說着從頭念了一遍大家都嚇了一跳這王家的一心只要拿人的錯兒不想反拿住了他外孫女兒又氣又臊周瑞家的四人聽見鳳姐兒念了都吐舌頭搖頭兒周瑞家的道王大媽聽見了這是明明白白再没得話說了這如今怎麼樣呢王家的只恨無地縫兒可鑽鳳姐只瞅着他抿着嘴兒嘻嘻的笑向周瑞家的道這倒也好不用他老娘操一點心兒鴉雀不聞就給他們弄了個好女婿來了周瑞家的也笑着湊趣兒王家的無處煞氣只好打着自已的臉罵道老不死的娼婦怎麼造下孽了說嘴打嘴現世現報衆人見他如此要笑又不敢笑也有趁願的也有心中感動報應不爽的鳳姐兒司棋低頭不語也並無畏懼慚愧之意倒覺可異料此時夜深且不必盤問只怕他夜間自尋短志遂喚兩個婆子監守且帶了人拿了賍証回來歇息等待明日料理誰知夜裡下面淋血不止

次日便覺身體十分軟弱起來遂掌不住請醫胗視開方立案說要保重而去老嬤嬤們拿了方子回過王夫人不免又添一番愁悶遂將司棋之事暫且擱起可巧這日尤氏來看鳳姐坐了一回又看李紈等忽見惜春遣人來請尤氏到他房中惜春便將昨夜之事細細告訴了又命人將入畫的東西一槩要來與尤氏過目尤氏道實是你哥哥賞他哥哥的只不該私自傳送如今官鹽反成了私鹽了因罵入畫糊塗東西惜春道你們管教不嚴反罵丫頭這些姊妹獨我的丫頭沒臉我如何去見人昨兒叫鳳姐姐帶了他去又不肯今日嫂子來的恰好快帶了他去或打或殺或賣我一槩不管入畫聽說跪地哀求百般

苦告尤氏和奶媽等人也都十分解說他不過一時糊塗下次再不敢的看他從小兒伏侍一塲誰知惜春年幼天性孤僻任人怎說只是咬定牙斷乎不肯留着更又說道不但不要入畫如今我也大了連我也不便往你們那邊去了况且近日聞得多少議論我若再去連我也編派尤氏道誰敢議論什麽又有什麽可議論的姑娘是誰我們是誰姑娘既聽見人議論我們就該問着他纔是惜春冷笑道你這話問着我倒好我一個姑娘家只好躲是非的我反尋是非成個什麽人了况且古人說得善惡生死父子不能有所勗助何况你我二人之間我只能保住自己就殼了以後你們有事好歹別累我尤氏聽了又氣

又好笑因向地下衆人道怪道人人都說四姑娘年輕糊塗我只不信你們聽這些話無原無故又沒輕重眞眞的叫人寒心衆人都勸說道姑娘年輕奶奶自然該吃些虧的惜春冷笑道我雖年輕這話却不年輕你們不看書不識字所以都是獃子倒說我糊塗尤氏道你是狀元第一個才子我們糊塗人不如你明白惜春道據你這話就不明白狀元難道沒有糊塗的可知你們這些人都是世俗之見那裡眼裡識得出眞假心裡分得出好歹來你們要看眞人總在最初一步的心上看起纔能明白呢尤氏笑道好纔是才子這會子又做大和尚又講起參悟來了惜春道我也不是什麼參悟我看如今人一槩也都是

入畫一般沒有什麼大說頭兒尤氏道可知你眞是個心冷嘴冷的人惜春道怎麼我不冷我清清白白的一個人爲什麼叫你們帶累壞了尤氏心內原有病怕說這些話聽說有人議論已是心中羞惱只是今日惜春分中不好發作忍耐了大半天今見惜春又說這話因按捺不住便問道怎麼就帶累了你你的丫頭的不是無故說我我倒忍了這半日你倒越發得了意只管說這些話你是千金小姐我們已後就不親近你仔細帶累了小姐的美名兒卽刻就叫人將入畫帶了過去說着便賭氣起身去了惜春道你這一去了若果然不來倒也省了口舌是非大家倒還干淨尤氏也不答應一逕往前邊去了不知後

事如何下回分解

紅樓夢第七十四回終

紅樓夢第七十五回

開夜宴異兆發悲音　賞中秋新詞得佳讖

話說尤氏從惜春處賭氣出來正欲往王夫人處去跟從的老嬷嬷們因悄悄的道回奶奶且別往上房去纔有甄家的幾個人來還有些東西不知是做什麼機密事奶奶這一去恐怕不便尤氏聽了道昨日聽見你老爺說看見抄報上甄家犯了罪現今抄沒家私調取進京治罪怎麼又有人來老嬷嬷道正是呢纔來了幾個女人氣色不成氣色慌慌張張的想必有甚麼瞞人的事尤氏聽了便不往前去仍往李紈這邊來了恰好太醫纔胗了脉去李紈近日也覺精爽了些擁衾倚枕坐在床上正欲人來說些閑話因見尤氏進來不似方纔和藹只呆呆的坐着李紈因問道你過來了可吃些東西只怕餓了命素雲瞧有什麼新鮮點心拿來尤氏忙止道不必不必你這一向病着那裡有什麼新鮮東西况且我也不餓李紈道昨日人家送來的好茶麪子倒是對碗來你喝罷說畢便吩咐去對茶尤氏出神無語跟來的丫頭媳婦們因問奶奶今日中晌尚未洗臉這會子趁便可淨一淨好尤氏點頭李紈忙命素雲來取自己粧奩素雲又將自己脂粉拿來笑道我們奶奶就少這個奶奶不嫌腌臢能着用些李紈道我雖沒有你就該往姑娘們那裡取去怎麼公然拿出你的來幸而是他若是別人豈不惱呢尤氏

笑道這又何妨說着一面洗臉丫頭只彎腰捧著臉盆李紈道怎麽這樣沒規矩那丫頭赶着跪下尤氏笑道我們家下大小的人只會講外面假禮假體面究竟做出來的事都殼使的了李紈聽如此說便已知道昨夜的事因笑道你這話有因誰做事究竟殼使的了尤氏道你倒問我你敢是病着死過去了一語未了只見人報寶姑娘來二人忙說快請時寶釵已走進來尤氏忙擦臉起身讓坐因問怎麽一個人忽然走進來別的姊妹都不見寶釵道正是我也沒有見他們只因今日我們奶奶身上不自在家裡兩個女人也都因時症未起炕別的靠不得我今兒要出去伴着老人家夜裡作伴要去回老太太太太我想又不是什麽大事且不用提等好了我横竪進來的所以來告訴大嫂子一聲李紈聽說只看着尤氏笑尤氏也看著李紈笑一時尤氏盥洗已畢大家吃麵茶李紈因笑着向寶釵道既這樣且打發人去請姨娘的安問是何病我也病着不能親自來的好妹妹你去只管去我且打發人去到你那裡去看屋子你好歹住一兩天還進來別教我落不是寶釵笑道落什麽不是呢也是人之常情你又不曾賣放了賊依我的主意也不必添人過去竟把雲丫頭請了来你和他住一兩日豈不省事尤氏道可是史大妹妹往那裡去了寶釵道我纔打發他們找你們探丫頭去了叫他同到這裡來我也明白告訴他正說着果

然報雲姑娘和三姑娘來了大家讓坐已畢寶釵便說要出去一事探春道狠好不但姨媽好了還來就便好了不來也使得尤氏笑道這話奇怪怎麼攆起親戚來了探春冷笑道正是呢有別人攆的不如我先攆親戚們好也不在必要死住着纔好偺們倒是一家子親骨肉呢一個個不像烏眼鷄似的恨不得你吃了我我吃了你尤氏忙笑道我今兒是那裡來的晦氣偏都碰着你姊妹們氣頭上了探春道誰叫你趁熱竈火來了因問誰又得罪了你呢因又尋思道鳳丫頭也不犯合你慪氣却是誰呢尤氏只含糊答應探春知他畏事不肯多言因笑道你別粧老寔了除了朝廷治罪沒有砍頭的你不必唬的這個樣

兒告訴你罷我昨日把王善保家那老婆子打了我還頂著罪呢不過背地裡說我些閑話難道也還打我一頓不成寶釵忙問因何又打他探春悉把昨夜的事一一都說了出來尤氏見探春已經說了出來便把惜春方纔的事也說了出來探春道這是他向來的脾氣孤介太過我們再扭不過他的又告訴他們說今日一早不見動靜打聽了鳳丫頭病著就打發人四下打聽王善保家的是怎樣回來告訴我說王善保家的挨了一頓打嗔着他多事尤氏李紈道這倒也是正禮探春冷笑道這種遮人眼目兒的事誰不會做且再瞧就是了尤氏李紈皆默無所答一時丫頭們來請用飯湘雲寶釵回房打點衣衫不在

話下尤氏辭了李紈往賈母這邊來賈母歪在榻上王夫人正說甄家因何獲罪如今抄沒了家產來京治罪等話賈母聽了心中甚不自在恰好見他姊妹來了因問從那裡來的可知鳳姐兒妯娌兩個病着今日怎麼樣尤氏等忙回道今日都好些賈母點頭嘆道咱們別管人家的事且商量咱們八月十五賞月是正經王夫人笑道已預備下了不知老太太揀那裡好只是園裡恐夜晚風凉賈母笑道多穿兩件衣服何妨那裡正是賞月的地方豈可倒不去的說話之間媳婦們抬過飯桌王夫人尤氏等忙上來放筯捧飯賈母見自已幾色菜已擺完另有兩大捧盒內盛了幾色菜便是各房孝敬的舊規矩賈母說我吩咐過幾次蠲了罷都不聽也只罷了王夫人笑道不過都是家常東西今日我吃齋沒有別的那些麵觔豆腐老太太又不甚愛吃只揀了一樣椒油蓴虀醬來賈母笑道我倒也想這個吃鴛鴦聽說便將碟子挪在跟前寶琴一一的讓了方歸坐賈母便命探春来同吃探春也都讓過了便和寶琴對面坐下侍書忙去取了碗箸鴛鴦又指那幾樣菜道這兩樣看不出是什麼東西来是大老爺孝敬的這一碗是雞髓筍是外頭老爺送上来的一面說一面就將這碗筍送至棹上賈母略嘗了兩點便命將那幾樣着人都送回去就說我吃了已後不必天天送我想吃什麼自然着人来要媳婦們答應着仍送過去不在話

下賈母因問拿稀飯來吃些罷尤氏早捧過一碗來說是紅稻米粥賈母接來吃了半碗便吩咐將這粥送給鳳姐兒吃去又指着這一盤菓子獨給平兒吃去又向尤氏道我吃了你就來吃了罷尤氏答應着待賈母漱口洗手畢賈母便下地和王夫人說閒話行食尤氏告坐吃飯賈母又命鴛鴦等來陪吃賈母見尤氏吃的仍是白米飯因問說怎麼不盛我的飯丫頭們回道老太太的飯完了今日添了一位姑娘所以短了些鴛鴦道如今都是可着頭做帽子了要一點兒富餘也不能的王夫人忙回道這一二年旱澇不定田上的米都不能按數交的這幾樣細米更艱難所以都是可着吃的做賈母笑道正是巧媳婦

做不出沒米兒粥來衆人都笑起來鴛鴦一面回頭向門外伺候媳婦們道既這樣你們就去把三姑娘的飯拿來添上也是一樣尤氏笑道我這個就彀了也不用去取鴛鴦道你彀了我不會吃的媳婦們聽說方忙着取去了一時王夫人也用飯這裡尤氏直陪賈母說話取笑到起更的時候賈母說你也過去罷尤氏方告辭出來走至二門外上了車衆媳婦放下簾子來四個小廝拉出來套上牲口幾個媳婦帶着小丫頭子們先走到那邊大門口等著去了這裡送的丫鬟們也回來了尤氏在車內因見自己門首兩邊獅子下放着四五輛大車便知係來赴賭之人向小丫頭銀蝶兒道你看坐車的是這些騎馬的又

不知有幾個呢說着進府已到了廳上賈蓉媳婦帶了丫嬛媳婦也都秉着羊角手罩接了出來尤氏笑道成日家我要偷着瞧瞧他們賭錢也沒得便今兒倒巧順便打他們窻戶跟前走過去眾媳婦答應着提燈引路又有一個先去悄悄的知會伏侍的小廝們不要失驚打怪于是尤氏一行人悄悄的來至窻下只聽裡面稱三讚四耍笑之音雖多又兼有恨五罵六忿怨之聲亦不少原來賈珍近因居喪不得遊玩無聊之極便生了個破悶的法子日間以習射爲由請了幾位世家弟兄及諸富貴親友來較射因說白白的只管亂射終是無益不但不能長進且壞了式樣必須立了罰約賭個利物大家纔有勉力之心

因此天香樓下箭道內立了鵠子皆約定每日早飯後時射鵠子賈珍不好出名便命賈蓉做局家這些都是少年正是鬬雞走狗問柳評花的一干遊俠紈袴因此大家議定每日輪流作晚飯之主天天宰猪割羊屠鵝殺鴨好似臨潼鬬寶的一般都要賣弄自己家裡的好廚役好烹調不到半月工夫賈政等聽見這般不知就裡反說這纔是正理文旣悞了武也當習況在武蔭之屬遂也命寶玉賈環賈琮賈蘭等四人於飯後過來跟着賈珍習射一回方許回去賈珍志不在此再過幾日便漸次以歇肩養力爲由晚間或抹骨牌賭個酒東兒至後漸次至錢如今三四個月的光景竟一日一日賭勝於射了公然鬥葉擲

骰放頭開局大賭起來家下人借此各有些利益巴不得如此所以竟成了局勢外人皆不知一字近日邢夫人的胞弟邢德全也酷好如此所以也在其中又有薛蟠頭一個慣喜送錢與人的見此豈不快樂這邢德全雖係邢夫人的胞弟郤居心行事大不相同他只知吃酒賭錢眠花宿柳爲樂手中濫漫使錢待人無心因此都叫他傻大舅薛蟠早已出名的獃大爺今日二人湊在一處都愛搶快便又會了兩家在外間炕上搶快又有幾個在當地下大桌子上趕羊裡間又有一起斯文些的抹骨牌打天九此間伏侍的小厮都是十五歲以下的孩子此是前話且說尤氏潛至窗外偷看其中有兩個陪酒的小么兒都

打扮得粉粧錦飾今日薛蟠又擲輸了正沒好氣幸而後手裡漸漸翻過來了除了冲賬的反贏了好些心中只是興頭起來賈珍道且打住吃了東西再來因問那兩處怎麽樣裡頭打天九趕老羊的未清先擺下一桌賈珍陪着吃薛蟠興頭了便摟着一個小么兒吃酒又命將酒去敬傻大舅傻大舅輸家沒心腸吃了兩碗便有些醉意嗔着陪酒的小么兒只趕贏家不理輸家了因罵道你們這起兔子真是些沒良心的忘八羔子天天在一處誰的恩你們不沾只不過這會子輸了幾兩銀子你們就這麽三六九等兒的了難道從此以後再沒有求着我的事了衆人見他帶酒那些輸家不便言語只抿着嘴兒笑那些

贏家忙說大舅駡的狠是這小狗攮的們都是這個風俗兒因笑道還不給舅太爺斟酒呢兩個小孩子都是演就的圈套忙都跪下奉酒扶着傻大舅的腿一面撒嬌兒說道你老人家别生氣看着我們兩個小孩子罷我們師父教的不論遠近厚薄只看一時有錢的就親近你老人家不信回來大大的下一注贏了白瞧瞧我們兩個是什麼光景兒說的衆人都笑了這傻大舅掌不住也笑了一面伸手接過酒来一面說道我要不看着你們兩個素日怪可憐見的我這一脚把你兩個的小蛋黄子踢出来說着把腿一抬兩個孩子趂勢兒爬起来越發撒嬌撒痴拿着灑花絹子托了傻大舅的手把那鍾酒灌在傻大舅

嘴裡傻大舅哈哈的笑着一揚脖兒把一鍾酒都乾了因擰了那孩子的臉一下兒笑說道我這會子看着又怪心疼的了說着忽然想起舊事来乃拍案對賈珍說道昨日我和你令伯母慪氣你可知道麼賈珍道不曾聽見邢大舅嘆道就爲錢這件東西老賢甥你不知我們邢家的底裡我們老太太去世時我還小呢世事不知他姊妹三個人只有你令伯母居長他出閣時把家私都帶了過來了如今你二姨兒也出了閣了他家裡也狠艱窘你三姨兒尚在家裡一應用度都是這裡陪房王善保家的掌管我就是来要幾個錢也並不是要賈府裡的家私我邢家的家私也就彀我花了無奈竟不得到手你們就欺負

我沒錢賈珍見他酒醉外人聽見不雅忙用話解勸外面尤氏等聽得十分真切乃悄向銀蝶兒等笑說你聽見了這是北院裡大太太的兄弟抱怨他呢可見他親兄弟還是這樣就怨不得這些人了因還要聽時正值赶老羊的那些人也歇住了要酒有一個人問道方纔是誰得罪了舅太爺我們竟沒聽明白且告訴我們評評理邢德全把兩個陪酒的孩子不理的話說了一遍那人接過來就說可惱怨不得舅太爺生氣我問你舅太爺不過輸了幾個錢罷咧並沒有輸掉了毴毴怎麼你們就不理他了說着大家都笑起來邢德全也噴了一地飯說你這個東西行不動兒就撒村搗怪的尤氏在外面聽了這話悄悄的啐了一口罵道你聽聽這一起沒廉恥的小挨刀的再灌喪

了黃湯還不知唚出些什麼新樣兒的來呢一面便進去卸粧安歇至四更時賈珍方散往佩鳳房裡去了次日起來就有人回西瓜月餅都全了只待分派送人賈珍吩咐佩鳳道你請奶奶看着送罷我還有別的事呢佩鳳答應去了回了尤氏一一分派遣人送去一時佩鳳來說爺問奶奶今兒出門不出門說偺們是孝家十五過不得節今兒晚上倒好可以大家應個景兒尤氏道我倒不願意出門呢那邊珠大奶奶又病了璉二奶奶也躺下了我再不去越發沒個人了佩鳳道爺說奶奶出門好歹早些回來叫我跟了奶奶去呢尤氏道旣這麼樣快些吃

了我好走佩鳳道爺說早飯在外頭吃請奶奶自已吃罷尤氏問道今日外頭有誰佩鳳道聽見外頭有兩個南京新來的倒不知是誰說畢吃飯更衣尤氏等仍過榮府來至晚方囘去果然賈珍煮了一口猪燒了一腔羊備了一棹菜蔬菓品在彙芳園叢綠堂中帶領妻子姬妾先吃過晚飯然後擺上酒開懷作樂賞月將一更時分真是風清月朗銀河微隱賈珍因命佩鳳等四個人也都入席下面一溜坐下猜枚搳拳飲了一囘賈珍有了幾分酒高興起來便命取了一支紫竹簫來命佩鳳吹簫文花唱曲喉清韻雅真令人魄散魂消唱罷復又行令那天將有三更時分賈珍酒已八分大家正添衣喝茶換盞更酌之際忽聽那邊墻下有人長嘆之聲大家明明聽見都毛髮竦然賈珍忙厲聲叱問誰在那邊連問幾聲無人答應尤氏道必是墻外邊家裡人也未可知賈珍道胡說這墻四面皆無下人的房子况且那邊又緊靠着祠堂焉得有人一語未了只聽得一陣風聲竟過墻去了恍惚聞得祠堂內槅扇開闔之聲只覺得風氣森森比先更覺悽慘起來看那月色時也淡淡的不似先前明朗衆人都覺毛髮倒豎賈珍酒已嚇醒了一半只比別人撑得住些心裡也十分警畏便大沒興頭勉強又坐了一會也就歸房安歇去了次日一早起來乃是十五日帶領衆子侄開祠行朔望之禮細察祠內都仍是照舊好好的並無怪異之迹賈

珍自為醉後自怪也不提此事禮畢仍舊閉上門看着鎖禁起來賈珍夫妻至晚飯後方過榮府來只見賈赦賈政都在賈母房裡坐着說閑話兒與賈母取笑呢賈璉寶玉賈環賈蘭皆在地下侍立賈珍來了都一一見過說了兩句話賈珍方在挨門小杌子上告了坐側着身子坐下賈母笑問道這兩日你寶兄弟的箭如何了賈珍忙起身笑道大長進了不但式樣好而且弓也長了一個勁賈母道這也彀了且别貪力仔細努傷着賈珍忙答應了幾個是賈母又道你昨日送來的月餅好西瓜看着倒好打開却也罷了賈珍答應月餅是新來的一個專做點心的厨子我試了試果然好纔敢做了孝敬來的西瓜往年都

還可已不知今年怎麽就不好了賈政道大約今年雨水太勤之過賈母笑道此時月亮已上來了偺們且去上香說着便起身扶着寶玉的肩帶領衆人齊往園中來當下園子正門俱已大開吊着羊角燈嘉蔭堂月台上焚着斗香秉着燭陳設着瓜菓月餅等物邢夫人等皆在裡面久候真是月明燈彩人氣香烟晶艷氤氲不可形狀地下鋪着拜毯錦褥賈母盥手上香拜畢于是大家皆拜過賈母便說賞月在山上最好因命在那山上的大花廳上去衆人聽說就忙着在那裡鋪設賈母且在嘉蔭堂中吃茶少歇說些閑話一時人回都齊備了賈母方扶着人上山來王夫人等因回說恐石上苔滑還是坐竹椅上去賈

母道天天打掃况且極平穩的寬路何必不疎散疎散筋骨于是賈赦賈政等在前引導又是兩個老婆子秉着兩把羊角手罩鴛鴦琥珀尤氏等貼身攙扶邢夫人等在後圍隨從下逶迤不過百餘步到了主山峰脊上便是這座廠廳因在山之高脊故名曰凸碧山庄廳前平台上列下棹椅又用一架大圍屏隔做兩間凡棹椅形式皆是圓的特取團圓之意上面居中賈母坐下左邊賈赦賈珍賈璉賈蓉右邊賈政寶玉賈環賈蘭團團圍坐只坐了半棹下面還有半棹餘空賈母笑道常日倒還不覺人少今日看来究竟偺們的人也甚少算不得甚麽想當年過的日子今夜男女三四十個何等熱鬧今日又這様太少如

今叫女孩兒們來坐那邊罷于是令人向圍屏後邢夫人等席上將迎春探春惜春三個請過来賈璉寶玉等一齊出坐先儘他姊妹坐了然後在下依次坐定賈母便命折一枝桂花來命一媳婦在屏後擊鼓傳花若花在手中飲酒一杯罰說笑話一個于是先從賈母起次賈赦一一接過鼓聲兩轉恰恰在賈政手中住了只得飲了酒衆姊妹弟兄都你悄悄的扯我一下我暗暗的又捏你一把都含笑心裡想着倒要聽是何笑話兒賈政見賈母歡喜只得承歡方欲說時賈母又笑道若說得不笑了還要罰賈政笑道只得一個若不說笑了也只好愿罰賈母道你就說這一個賈政因說道一家子一個人最怕老婆只說

了這一句大家都笑了因從沒聽見賈政說過所以纔笑賈母笑道這必是好的賈政笑道若好老太太先多吃一杯賈母笑道使得賈赦連忙捧盃賈政執壺斟了一盃賈赦仍舊遞給賈政賈赦旁邊侍立賈政捧上安放在賈母面前賈母飲了一口賈赦賈政退回本位于是賈政又說道這個怕老婆的人從不敢多走一步偏是那日是八月十五到街上買東西便見了幾個朋友死活拉到家裡去吃酒不想吃醉了便在朋友家睡着了第二日醒了後悔不及只得來家陪罪他老婆正洗脚說既是這樣你替我舔舔就饒你這男人只得給他舔未免惡心要吐他老婆便惱了要打說你這樣輕狂嚇得他男人忙跪下求

說並不是奶奶的脚腌臢只因昨兒喝多了黃酒又吃了月餅餡子所以今日有些作酸呢說得賈母與衆人都笑了賈政忙又斟了一杯送與賈母賈母笑道既這樣快叫人取燒酒來别叫你們有媳婦的人受累衆人又都笑起來于是又擊鼓便從賈政傳起可巧傳到寶玉手中鼓止寶玉因賈政在坐早已踧踖不安偏又在他手中因想說笑話倘或說不好了又說沒口才若說好了又說正經的不會只慣貧嘴更有不是不如不說好乃起身辭道我不能說笑話求限别的罷賈政道既這樣限一個秋字就即景做一首詩好便賞你若不好明日仔細賈母忙道好好的行令如何又做詩賈政陪笑道他能的賈母聽說

旣這樣就倣快命人取紙筆來賈政道只不許用這些水晶氷玉銀彩光明素等堆砌字樣要另出主見試試你這幾年情思寶玉聽了碰在心坎兒上遂立想了四句向紙上寫了呈與賈政看賈政看了點頭不語賈母見這般知無甚不好便問怎麽樣賈政因欲賈母喜歡便說難爲他只是不肯念書到底詞句不雅賈母道這就罷了就該獎勵巳後越發上心了賈政道正是因回頭命個老嬷嬷出去吩咐小厮們把我海南帶來的扇子取來給兩把與寶玉寶玉磕了一個頭仍復歸坐行令當下賈蘭見獎勵寶玉他便出席也做一首呈與賈政看賈政看了喜不自勝遂併講與賈母聽時賈母也十分歡喜也忙令賈政

賞他於是大家歸坐復行起令來這次賈赦手內住了只得吃了酒說笑話因說道一家子一個兒子最孝順偏生母親病了各處求醫不得便請了一個針灸的婆子來這婆子原不知道脉理只說是心火一針就好了這兒子慌了便問心見鐵就死如何針得婆子道不用針心只針肋條就是了兒子道肋條離心遠着呢怎麽就好了呢婆子道不妨事你不知天下作父母的偏心的多着呢衆人聽說都笑起來賈母也只得吃半杯酒半日笑道我也得這婆子針一針就好了賈赦聽說自知出言冒撞賈母疑心忙起身笑與賈母把盞以別言解釋賈母亦不好再顯且行令不料這花却在賈環手裡賈環近日讀書稍進

亦好外務今見寶玉做詩受獎他便技癢只當着賈政不敢造次如今可巧花在手中便也索紙筆來立就一絕呈與賈政賈政看了亦覺罕異只見詞句中終帶着不樂讀書之意遂不悅道可見是弟兄了發言吐意揔屬邪派古人中有二難你兩個也可以稱二難了就只不是那一個難字却是做難以教訓難字講纔好哥哥是公然温飛卿自居如今兄弟又自爲曹唐再世了說得衆人都笑了賈赦道拿詩來我瞧便連聲讚好道這詩據我看甚是有氣骨想來偺們這樣人家原不必寒牕螢火只要讀些書比人略明白些可以做得官時就跑不了一個官兒的何必多費了工夫反弄出書獃子來所以我愛他這詩竟

不失偺們侯門的氣概因回頭吩附人去取自己的許多玩物來賞賜與他因又拍着賈環的腦袋笑道巳後就這樣做去這世襲的前程就跑不了你襲了賈政聽說忙勸說不過他胡謅如此那裡就論到後事了說着便斟了酒又行了一回令賈母便說你們去罷自然外頭還有相公們侯着也不可輕忽了他們況且二更多了你們散了再讓姑娘們多樂一回子好歇着了賈政等聽了方止令起身大家公進了一杯酒方帶着子侄們出去了要知端的再聽中回分解

紅樓夢第七十五回終

紅樓夢第七十六回

凸碧堂品笛感淒清　凹晶館聯詩悲寂寞

話說賈赦賈政帶領賈珍等散去不題且說賈母這裡命將圍屏撤去兩席併作一席衆媳婦另行擦桌整菓更杯洗箸陳設一番賈母等都添了衣盥漱吃茶方又坐下團團圍繞賈母看時寶釵姊妹二人不在坐內知他家去圓月月李紈鳳姐二人又病少了這四個人便覺冷清了好些賈母因笑道往年你老爺們不在家偺們越發請過姨太太來大家賞月却十分熱鬧忽一時想起你老爺來又不免想到母子夫妻兒女不能一處也都沒興及至今年你老爺來了正該大家團圓取樂又不便請他們娘兒們來說笑說笑况且他們今年又添了兩口人也難丢了他們跑到這裡來偏又把鳳丫頭病了有他一人來說說笑笑還抵得十個人的空兒可見天下事總難十全說畢不覺長嘆一聲隨命拿大杯來斟熱酒王夫人笑道今日得母子團圓自比往年有趣往年娘兒們雖多終不似今年骨肉齊全的好賈母笑道正是為此所以我纔高興拿大杯來吃酒你們也換大杯纔是邢夫人等只得換上大杯來因夜深體乏且不能勝酒未免都有些倦意無奈賈母興猶未闌只得陪飲賈母又命將毡毯鋪在堦上命將月餅西瓜菓品等類都叫搬下去令丫頭媳婦們也都團團圍坐賞月賈母因見月至天中比先

越發精彩可愛因說如此好月不可不聞笛因命又將十番上女子傳來賈母道音樂多了反失雅致只用吹笛的遠遠的吹起來就彀了說畢剛纔去吹時只見跟邢夫人的媳婦走來向邢夫人說了兩句話賈母便問什麼事邢夫人便回說方纔大老爺出去被石頭絆了一下歪了腿賈母聽說忙命兩個婆子快看去又命邢夫人快去邢夫人遂告辭起身賈母便又說珍哥媳婦也趂着便就家去罷我也就睡了尤氏笑道我今日不回去了定要和老祖宗吃一夜賈母笑道使不得你們小夫妻家今夜不要團圓團圓如何爲我擔擱了尤氏紅了臉笑道老祖宗說的我們太不堪了我們雖是年輕已經是二十來年的

夫妻也奔四十歲的人了况且孝服未滿陪着老太太頑一夜是正理賈母聽說笑道這話狠是我倒也忘了孝未滿可憐你公公已死了二年多了可是我倒忘了該罰我一大杯既這樣你就別送竟陪着我罷叫蓉兒媳婦送去就順便回去罷尤氏說了賈蓉媳婦答應着送出邢夫人一同至大門各自上車回去不在話下這裡衆人賞了一回桂花又入席換煖酒來正說着閑話猛不防那壁廂桂花樹下嗚咽悠揚吹出笛聲來趂着這明月清風天空地靜真令人煩心頓釋萬慮齊除肅然危坐默然相賞聽約兩盞茶時方纔止住大家稱贊不已於是遂又斟上煖酒來賈母笑道果然好聽麼衆人笑道實在可聽我們

也想不到這樣須得老太太帶領着我們也得開些心兒賈母道這還不大好須得揀那曲譜越慢的吹來越好聽便命斟一大杯酒送給吹笛之人慢慢的吃了再細細的吹一套来媳婦們答應了方送去只見方纔看賈赦的兩個婆子回来說瞧了右脚面上白腫了些如今調服了藥疼的好些了也無甚大關係賈母點頭嘆道我也太操心打緊說我偏心我反這樣說着鴛鴦拿巾兜與大斗蓬來說夜深了恐露水下了風吹了頭坐坐也該歇了賈母道偏今兒高興你又來催難道我醉了不成偏到天亮因命再斟酒來一面戴上巾兜披了斗蓬大家陪着又飲說些笑話只聽桂花陰裡又發出一縷笛音來果然比先越發淒凉大家都寂然而坐夜靜月明衆人不禁傷感忙轉身陪笑發語解釋又命換酒止笛尤氏笑說道我也就學了一個笑話說與老太太解悶賈母勉強笑道這樣更好快說來我聽尤氏乃說道一家子養了四個兒子大兒子只一個眼睛二兒子只一個耳躲三兒子只一個鼻子眼四兒子到都齊全偏又是個啞吧正說到這裡只見席上賈母已朦朧雙眼似有睡去之態尤氏方住了忙和王夫人輕輕叫請賈母睜眼笑道我不困白閉閉眼養神你們只管說我聽着呢王夫人等道夜已深了風露也大請老太太安歇罷了明日再賞十六月色也好賈母道什麼時候王夫人笑道已交四更他們姊妹們熬不過

都去睡了賈母聽說細看了一看果然都散了只有探春一人在此賈母笑道也罷你們也熬不慣况且弱的弱病的病去了倒省心只是三丫頭可憐尚還等着你也去罷我們散了說着便起身吃了一口清茶便坐竹椅小轎兩個婆子搭起衆人圍隨出園去了不在話下這裡衆媳婦收什盃盤却少了個細茶盃各處尋覓不見又問衆人必是失手打了撂在那裡告訴我拿了磁瓦去交收是証見不然又說偷起來了衆人都說沒有打碎只怕跟姑娘的人打了也未可知你細想想或問問他們去一語提醒了那媳婦笑道是了那一會記得是翠縷拿着的我去問他說着便找時剛到了甬道就遇見紫鵑和翠縷來了

翠縷便問道老太太散了可知我們姑娘那裡去了這媳婦道我來問你一個茶鍾那裡去了你倒問我要姑娘翠縷笑道我因倒茶給姑娘吃的展眼回頭就連姑娘也沒了那媳婦道太太纔說都睡覺去了你不知那裡頑去了還不知道呢翠縷和紫鵑道斷乎沒有悄悄睡去之理只怕在那裡走了一走如今老太太走了赶過前邊送去也未可知我們且往前邊找去有了姑娘自然你的茶鍾也有了你明日一早再找罷有什麽忙的媳婦笑道有了下落就不必忙了明兒和你要罷說畢回去查收家伙這裡紫鵑和翠縷便往賈母處來不在話下原來黛玉和湘雲二人並未去睡只因黛玉見賈府中許多人賞月賈

母猶嘆人少又提寶釵姊妹家去母女弟兄自去賞月不覺對
景感懷自去倚欄垂淚寶玉近因晴雯病勢甚重諸務無心王
夫人再四遣他去睡他從此去了探春又因近日家事惱着無
心遊玩雖有迎春惜春二人偏又素日不大甚合所以只剩湘
雲一人寬慰他因說你是個明白人還不自己保養可恨寶姐
姐琴妹妹天天說親道熱早已說今年中秋要大家一處賞月
必要起詩社大家聯句到今日便棄了咱們自己賞月去了社
也散了詩也不做了倒是他們父子叔侄縱橫起來你可知宋
太祖說得好卧榻之側豈容他人酣睡他們不來咱們兩個竟
聯起句來明日羞他們一羞黛玉見他這般勸慰也不肯負他

的豪興因笑道你看這裡這等人聲嘈雜有何詩興湘雲笑道
這山上賞月雖好總不及近水賞月更妙你知道這山坡底下
就是池沿山凹裡近水一個所在就是凹晶館可知當日蓋這
園子就有學問這山之高處就叫凸碧山之低窪近水處就叫
凹晶這凸凹二字歷來用的人最少如今直用作軒館之名更
覺新鮮不落窠臼可知這兩處一上一下一明一暗一高一矮
一山一水竟是特因玩月而設此處有愛那山高月小的便往
那裡來有愛那皓月清波的便往那裡去只是這兩個字俗念
作窪拱二音便說俗了不大見用只陸放翁用了一個凹字古
硯微凹聚墨多還有人批他俗豈不可笑黛玉道也不祇放翁

纔用古人中用者太多如青苔賦東方朔神異經以致畫記上云張僧繇畫一乘寺的故事不可勝舉只是今人不知悞作俗字用了實和你說罷這兩個字還是我擬的呢因那年試寶玉寶玉擬了未妥我們擬寫出來送與大姐姐瞧了他又帶出來命給舅舅瞧過所以都用了如今咱們就往凹晶館去說着二人同下山坡只一轉灣就是池沿上一帶竹欄相接直通着那邊藕香榭的路徑只有兩個婆子上夜因知在凸碧山庄賞月與他們無干早已息燈睡了黛玉湘雲見息了燈都笑道倒是他們睡了好咱們就在捲蓬底下賞這水月何如二人遂在兩個竹墩上坐下只見天上一輪皓月池中一個月影上下爭輝

如置身於晶宮鮫室之內微風一過粼粼然池面皺碧疊紋真令人神氣清爽湘雲笑道怎得這會子上船吃酒倒好要是我家裡這樣我就立刻坐船了黛玉道正是古人常說的事若求全何所樂據我說這也罷了偏要坐船起來湘雲笑道得隴望蜀人之常情正說間只聽笛韻悠揚起來黛玉笑道今日老太太太太高興了這笛子吹得有趣倒是助咱們的興趣了咱兩個都愛五言就還是五言排律罷湘雲道限何韻黛玉笑道咱們數這個欄杆上的直棍這頭到那頭爲止他是第幾根就是第幾韻湘雲笑道這倒別緻於是二人起身便從頭數至盡頭止得十三根湘雲道偏又是十三元了這個韵可用的少作排

律只怕牽強不能壓韻呢少不得你先起一句罷了黛玉笑道倒要試試俗們誰强誰弱只是没有紙筆記湘雲道明兒再寫只怕這一點聰明還有黛玉道我先起一句現成的俗語罷因念道

三五中秋夕

湘雲想了一想道

清遊擬上元　撒天箕斗燦

林黛玉笑道

匝地管絃繁　幾處狂飛盞

湘雲笑道這一句幾處狂飛盞有些意思這倒要對得好呢想

了一想笑道

誰家不啟軒　輕寒風剪剪

黛玉道好對比我的却好只是這句又說俗話了就該加勁說了去纔是湘雲笑道詩多韻險也要鋪陳些纔是總有好的且留在後頭黛玉笑道到後頭没有好的我看你羞不羞因聯道

良夜景暄暄　爭餅嘲黄髮

湘雲笑道這句不好杜撰用俗事來難我了黛玉笑道我說你不曾見過書呢吃餅是舊典唐書唐志你看了來再說湘雲笑道這也難不倒我也有了因聯道

分瓜笑綠媛　香新榮玉桂

黛玉道這可是實實你的杜撰了湘雲笑道明日借們對查了
出來大家看看這會子別躭擱工夫黛玉笑道雖如此下句也
不好不犯又用玉桂金蘭等字樣來塞責因聯道

色健茂金萱　　蠟燭輝瓊宴

湘雲笑道金萱二字便宜了你省了多少力這樣現成的韻被
你得了只不犯着替他們頌聖去况且下句你也是塞責了黛
玉笑道你不說玉桂我難道强對個金萱罷再也要鋪陳些富
麗方是即景之實事湘雲只得又聯道

觥籌亂綺園　　分曹尊一令

黛玉笑道下句好只難對些因想了一想聯道

射覆聽三宣　　骰彩紅成點

湘雲笑道三宣有趣竟化俗成雅了只是下句又說上骰子少
不得聯道

傳花鼓濫喧　　晴光搖院宇

黛玉笑道對得却好下句又溜了只管拿些風月來塞責湘雲
道究竟没說到月上也要點綴點綴方不落題黛玉道且姑存
之明日再斟酌因聯道

素彩接乾坤　　賞罰無賓主

湘雲道又到說他們做什麼不如說咱們因聯道

吟詩序仲昆　　搆思時倚檻

黛玉道這可以入上你我了因聯道

擬何或依門　酒盡情猶在

湘雲說道這時候了乃聯道

更殘樂已諼　漸聞語笑寂

黛玉道說這時候可知一步難似一步了因聯道

空剩雪霜痕　堦露團朝菌

湘雲道這一句怎麼叶韻讓我想想因起身負手想了一想笑道彀了幸而想出一個字來不然幾乎敗了因聯道

庭烟斂夕棔　秋湍瀉石髓

黛玉聽了不禁也起身叫妙說這促狹鬼果然留下好的這會

子方說棔字虧你想得出湘雲道幸而昨日看歷朝文選見了這個字我不知是何樹因要查一查寶姐姐說不用查這就是如今俗叫做朝開夜合的我信不及到底查了一查果然不錯看來寶姐姐知道的竟多黛玉笑道棔字用在此時更恰也還罷了只是秋湍一句虧你好想只這一句別的都要抹倒我少不得打起精神來對這一句只是再不能似這一句了因想了一想道

風葉聚雲根　寶婺情孤潔

湘雲道這對得也還好只是這一句你也溜了幸而是景中情不單用寶婺來塞責因聯道

銀蟾氣吐吞　藥催靈兎搗

黛玉不語點頭半日隨念道

人向廣寒奔　犯斗邀牛女

湘雲也望月點首聯道

乘槎訪帝孫　盈虛輪莫定

黛玉道對句不好合掌下句推開一步倒還是急脉緩灸法因又聯道

晦朔魄空存　壺漏聲將涸

湘雲方欲聯時黛玉指池中黑影與湘雲看道你看那河裡怎麽像個人到黑影裡去了敢是個鬼湘雲笑道可是又見鬼了

我是不怕鬼的等我打他一下因灣腰拾了一塊小石片向那池中打去只聽打得水响一個大圓圈將月影激蕩散而復聚者幾次只聽那黑影裡戛的一聲却飛起一個白鶴來直往藕香榭去了黛玉笑道原是他猛然想不到反嚇了一跳湘雲笑道正是這個鶴有趣到助了我了因聯道

牕燈焰已昏　寒塘渡鶴影

林黛玉聽了又叫好又跺足說了不得這鶴真是助他的了這一句更比秋湍不同叫我對什麽纔好影字只有一個魂字可對况且河塘渡鶴何等自然何等現成何等有景且又新鮮我竟要擱筆了湘雲笑道大家細想就有了不然就放着明日再

聯也可黛玉只看天不理他半日猛然笑道你不必撈嘴我也有了你聽聽因對道

冷月葬詩魂

湘雲拍手贊道果然好極非此不能對好個葬詩魂因又嘆道詩固新奇只是太頹喪了些你現病着不該作此過于淒清奇譎之語黛玉笑道不如此如何壓倒你只爲用工在這一句了一語未了只見欄外山石後轉出一個人來笑道好詩好詩果然太悲凉了不必再往下做若底下只這樣去反不顯這兩句了到弄得堆砌牽强二人不防倒嚇了一跳細看時不是別人却是妙玉二人皆詫異因問你如何到了這裡妙玉笑道我聽

見你們大家賞月又吹得好笛我也出來玩賞這清池皓月順脚走到這裡忽聽見你們兩個吟詩更覺清雅異常故此就聽住了只是方纔我聽見這一首中有幾句雖好只是過於頹敗淒楚此亦關人之氣數而有所以我出來止住如今老太太都已早散了滿園的人想俱已睡熟了你兩個的丫頭還不知在那裡找你們呢你們也不怕冷了快同我來到我那裡去吃杯茶只怕就天亮了黛玉笑道誰知道就這個時候了三人遂一同來至櫳翠菴中只見龕焰猶青爐香未燼幾個老嬷嬷也都睡了只有小丫頭在蒲團上垂頭打盹妙玉喚他起來現烹茶忽聽扣門之聲小嬛忙去開門看時却紫鵑翠縷與幾個老嬷

嬤來找他姊妹兩個進來見他們正吃茶因都笑道要我們好找一個園裡走遍了連姨太太那裡都找到了那小亭裡找時可巧那裡上夜的正睡醒了我們問他們他們說方纔亭外頭棚下兩個人說話後來又添了一個人聽見說大家往菴裡去我們就知道是這裡了妙玉忙命丫鬟引他們到那邊去坐着歇息吃茶自却取了筆硯紙墨出來將方纔的詩命他二人念着遂從頭寫出來黛玉見他今日十分高興便笑道從來沒見你這樣高興我也不敢唐突請教這還可以見教否若不堪時便就燒了若或可改即請改正改正妙玉笑道也不敢妄評只是這纔有二十二韻我意思想着你二位警句已出再續時到

恐後力不加我竟要續貂又恐有玷黛玉從沒見妙玉做過詩今見他高興如此忙說果然如此我們雖不好亦可以帶好了妙玉道如今收結到底還歸到本來面目上去若只管丢了真情真事且去搜奇檢怪一則失了偺們的閨閣面目二則也與題目無涉了林史二人皆道極是妙玉提筆一揮而就遞與他二人道休要見笑依我必須如此方飜轉過來雖前頭有凄楚之句亦無甚礙了二人接了看時只見他續道

香篆銷金鼎　氷脂膩玉盆
簫憎嫠婦泣　衾倩侍兒温
空帳悲金鳳　閒屏投彩鸞

露濃苔更滑　霜重竹難捫
猶步縈紆沼　還登寂歷原
石奇神鬼縛　木怪虎狼蹲
贔屭朝光透　罘罳曉露屯
振林千樹鳥　啼谷一聲猿
岐熟焉忘徑　泉知不問源
鐘鳴櫳翠寺　雞唱稻香村
有興悲何極　無愁意豈煩
芳情只自遣　雅趣向誰言
徹旦休云倦　烹茶更細論

後書右中秋夜大觀園即景聯句三十五韻黛玉湘雲二人稱贊不已說可見我們天天是捨近求遠現有這樣詩人在此却天天去紙上談兵妙玉笑道明日再潤色此時已天明了到底也歇息歇息纔是林史二人聽說便起身告辭帶領了丫鬟出來妙玉送至門外看他們去遠方掩門進來不在話下這裡翠縷向湘雲道大奶奶那裡還有人等着偺們睡去呢如今還是那裡去好湘雲笑道你順路告訴他們叫他們睡罷我這一去未免驚動病人不如鬧林姑娘去罷說着大家走至瀟湘館中有一半人已睡去二人進去方卸粧寬衣盥洗已畢方上床安歇紫鵑放下綃帳移燈掩門出去誰知湘雲有擇席之病雖在

枕上只怕睡不着黛玉又是個心血不足常常失眠的今日又錯過困頭自然也是睡不着二人在枕上翻來覆去黛玉因問道怎麽還不睡着湘雲微笑道我有個擇席的病况且走了困只好躺躺兒罷你怎也睡不着黛玉嘆道我這睡不着也並非一日了大約一年之中通共也只好睡十夜滿足的湘雲道你這病就怪不得了要知端底下回分解

紅樓夢第七十六回終